너는 잘못 날아왔다

너는 잘못 날아왔다

김 성 규 시 집

창비

차 례

제3부

제1부

사람이라고 말할 수 없는

누군가 나에게 옷 한 벌을 맡겨두고 갔다
하얗고 빳빳하게 주름잡힌 옷을
쓰다듬으며 나는 잠이 들었다
그날 이후 밤이면 참을 수 없는 허기가,
쉴 새 없는 고통이,

방 안에서 이상한 냄새가 난단 말이야
밥을 먹던 동생이 내 방문을 잠근다
장판을 들춰보니 벌레들이 기어나온다
마디를 웅크렸다, 폈다 천장으로
낄낄거리며 기어올라가는 벌레들
장판 밑으로 하수구가 흐르다니……
비닐봉지가 폐수를 타고 떠다니고
옷을 감추려 장롱을 열자 열지어
기어나오는 벌레들
이불을 뒤집어쓰고 잠이 들면
내 머리카락에 알을 슬어놓는 벌레들

오물에 뒤섞여,
방 안과 천장을 새카맣게,
터지고, 옷 위로 쏟아진다
새벽마다 기지개를 켜고 뛰어다니는,
섬유 사이에서 뭉개지는 벌레들
더이상은 이 옷을 가지고 있을 수 없어
누더기가 된 옷을 밟으며 울부짖는다

늙고 또 늙어야 하네
걸레가 된 옷을 붙잡고
사람이라는 것을 잊어버릴 때까지

붉은 샘

돼지의 멱을 따자 피가 쏟아진다
칼은 부드러운 살을 헤집고
더 큰 물길을 찾는다

붉은 물, 반짝이며 쏟아지는
붉은 물, 이빨 빠진 노인들이 웃는다
바들바들 떠는 돼지
혓바닥이 말려들어간다
온몸의 소리가 빠져나간다

주머니처럼 매달린 간을 삼키며
노인들은 웃음을 참지 못한다
초상집 뒤뜰
양동이에 가득 담긴 핏덩어리
더이상 피를 뱉지 못하는
돼지의 살갗에 뜨거운 물이 부어진다

울음이 빠져나간 육신(肉身)을 위하여
노인들은 한번씩 붉은 샘을 판다

꿀단지

장마철 솟아오른 버섯처럼
농로에 누워 발을 벌린 두더지
눈이 부신 듯 작은 눈을 더욱 작게 뜨고
통통하게 살찐 몸을 누인 두더지
손바닥으로 햇볕을 밀어내며
주둥이 옆에 앞발을 모아놓은 두더지
나무뿌리와 굼벵이와 지렁이를 떠나
보리이삭을 만드는 바람의 냄새를 좇아
눈에 흙이 들어가는 것도 모르고
흙을 파던 두더지
눈감아도 땅속을 훤히 읽고 있던 두더지
물구덩이에 빠진 사람처럼,
햇살이 눈동자를 찌르자
허우적거리다 트랙터에 눌렸을 두더지
불룩한 주머니 속에서 오물이 흘러나오듯
굶주림은 검은 가죽을 뚫고
창자와 뒤섞여 냄새를 풍긴다

두더지의 몸에 활짝 꽃을 피운다
웬 꿀단지야,
웅웅거리며 파리떼가 몰려오리라
꿀맛 나는 피를 허겁지겁 빨아먹을 파리떼
다시 뛰어가려고 다리를 떠는 두더지

국경 넘는 사내

사과 한 알과 몇봉지의 라면을 들고 걸어갑니다 바람이 골목을 뒤지고 달아납니다 언 땅속에 발목을 묻고 있는 나무들 한꺼번에 잎사귀를 토해냅니다 잎 진 자리마다 수류탄만한 어둠이 매달려 있습니다 불빛이 새어나오는 유리창 앞에 멈추어섭니다

방 안에는 식구들이 저녁을 먹고 있다 숟가락으로 국물을 퍼올리던 아이들이 웃음을 쏟아낸다 여러번 바뀌는 식구들의 표정이 방 안의 공기를 데운다 노란 불빛 한장이 유리창 밖으로 떨어진다 깔깔거리며 골목으로 굴러가는 불빛을 따라간다 유리창 밑에서 다음 불빛을 기다리며 쪼그려 앉는다 불빛이 떨어지자 손바닥을 펼친다 불씨가 사그라진다 박쥐의 날개처럼 펼쳐진 손바닥에 작은 얼음덩어리가 박힌다

유리창에 김이 서려 있습니다 차가운 공기를 만나면 스스로의 무게로 떨어지는 물방울, 버틸 수 없을 만큼 흔

들리는 나무들 제 몸의 온기로 간신히 서 있습니다 라면
봉지를 포개놓은 듯 눌린 건물마다 하나씩의 왕국이 차
려져 있습니다 언제 터질지 모르는 불빛을 밟으며 하룻
밤 사이 수많은 국경을 넘어갑니다

동그라미

이깔나무가 시퍼런 헛바닥을 늘어뜨린
대낮
뱃속에 두꺼비 한 마리 기르시죠

어둡고 뜨듯한 물 흐르는 하수구에서
두꺼비가 기어나온다
지린내와 임산부가 헐떡이는
팔월
가난한 처녀의 다리 사이로 기어들어가봐야
재수 없으면
장롱에서 굶어죽을 인생
뒤뚱거리는 임산부가
이깔나무 그늘에서 숨을 고를 때
뱃속에 두꺼비 한 마리 기르시죠
기어간다
뜨듯한 뱃가죽 같은 아스팔트 위로

눈을 뜨고, 한 근
오물덩어리로 뭉개질 때까지
뭉개져 둥근 원을 그릴 때까지

구름에 쫓기는 트럭

구름이 낮게 가라앉아 도로를 덮는다 차를 세우고 운전사는 덮개를 꺼낸다 대기를 가늘게 쪼개며 비가 쏟아진다 일제히 속도를 늦추는 차량들, 덮개를 펴기도 전에 짐칸에 누워 있던 종이상자가 눈을 감는다 사방을 둘러본다 빗방울이 수직으로 튀어오른다 도로를 점거하던 빗물이 배수구를 찾아다닌다 곳곳에서 사람들이 소리지른다 방패같이 잘 짜여진 방음벽, 달아날 곳 없는 사람들이 바닥에 뒤엉킨다

모 두 안 전 하 게 살 수 있 어 군인들이 비명을 쓸어담으며 대열을 맞춘다 모 두 안 전 하 게 살 수 있 어 골목길을 찾아 사람들이 뛰어간다

너풀거리는 덮개를 밧줄로 묶는다 머리카락에서 빗물이 떨어진다 이불을 덮은 듯 말없는 상자들, 운전석으로 돌아간 사내는 머리를 닦는다 물기의 일부분이 수건으로 옮겨갈 뿐 머리는 쉽게 마르지 않는다 유리창에 김이 서

린다 라디오를 틀고 가속기를 밟는다 수건의 결이 넘어
지듯 음악소리가 여러번 구부러지다 창밖으로 흘러내린
다 갓길에서 벗어나며 백미러를 본다

　모 두 안 전 하 게 살 수 있 어 빗방울이 공중에 호외를
뿌린다 모 두 안 전 하 게 살 수 있 어 군복을 입은 사내들
이 무릎 꿇은 청년들의 어깨를 밟는다

　불빛이 눈을 번뜩이며 사내를 노려본다 오래전 꾸었던
꿈을 따라가듯 사내는 무언가 떠오를 듯해 음량을 줄인
다 빗물을 쓸어내며 와이퍼가 유리창을 뛰어다닌다 아스
팔트에 넘어져 뒤엉킨 사람들 앞질러가는 차량의 바퀴처
럼 얼굴이 일그러진다 유리창 밖으로 빗물이 흘러내린다
두툼한 구름이 음악소리를 추적하며 도로 끝으로 트럭을
몰고 간다

독산동 반지하동굴 유적지

가슴을 풀어헤친 여인,
젖꼭지를 물고 있는 갓난아이,
온몸이 흉터로 덮인 사내
동굴에서 세 구(具)의 시신이 발견되었다

시신은 부장품과 함께
바닥의 얼룩과 물을 끌어다 쓴 흔적을 설명하려
삽을 든 인부들 앞에서 웃고 있었다
사방을 널빤지로 막은 동굴에서
앞니 빠진 그릇처럼
햇볕을 받으며 웃고 있는 가족들
기자들이 인화해놓은 사진 속에서
들소와 나무와 강이 새겨진 동굴 속에서
여자는 아이를 낳고 젖을 먹이고
사내는 짐승을 쫓아 동굴 밖으로 걸어나갔으리라
굶주린 새끼를 남겨놓고
온몸의 상처가 사내를 삼킬 때까지

지쳐 동굴로 돌아오지 못했으리라
축 늘어진 젖가슴을 만져보고 빨아보다
동그랗게 눈을 뜬 아기
퍼렇게 변색된 아기의 입술은
사냥용 독화살을 잘못 다루었으리라

입에서 기어다니는 구더기처럼
신문 하단에 조그맣게 실린 기사가
눈에서 떨어지지 않는 새벽
지금도 발굴을 기다리는 유적들
독산동 반지하동굴에는 인간들이 살고 있었다

버섯을 물고 가는 쥐떼들

불붙은 쥐떼처럼 기어오르는 강물
옆집 식구들은 우산을 타고 날아갔지만
빨랫줄에 젖은 이불을 너는 어머니
뗏목에 구슬을 싣는 내 발목을 갉아대며
쥐가 무릎까지 달라붙었다

쥐가 뒤꿈치를 갉아먹고 있어
물린 자리에서 피가 나고
살이 파인 자리에는 옥도정기를 발랐지만
며칠째 움직이지 못하고, 가려워요!
긁지 좀 마라 이놈아, 사내자식이 참을 줄……

모르는 동생이 킥킥거리며 웃었다
딱지를 뚫고 솟아나는 버섯들
한 바구니씩 버섯을 따내는 어머니

국을 끓일 때마다 냄비 속에서 찍찍

새끼쥐들이 우는 소리
숟가락으로 국을 퍼먹을 때마다
바닥에 불어터진 쥐꼬리가 남아 있었다

입술 좀 닦고 먹어라 이놈아!
허겁지겁 국을 퍼먹는 내 입술을 보며
둥그렇게 모여앉아 웃음을 참지 못하는 식구들
큰일났어요 아버지, 내 발은 점점
거대한 버섯공장이 되나봐요
곰팡이 같은 웃음을 터뜨리며
종일 버섯을 따는 어머니
밤마다 쉴 새 없이 몰려다니는 쥐들

쥐들이 둑을…… 갉아…… 무너뜨린다!
이불 속에서 뛰어나오는 식구들
주둥이에 발가락만한 버섯을 물고
홍수에 쓸려 쥐구멍을 빠져나간다

5월에, 5월에 뻐꾸기가 울었다*

열쇠로 방문을 연다

구불거리는 밭고랑이 펼쳐진다 밭둑에 서서
웃고 있는 어머니,
바짓가랑이에 묻은 진흙덩어리가 햇볕에 반짝인다
이제 저를 기다릴 필요 없어요 웃을 때마다
진흙 사이로 신발이 빠져들어간다

무언가 잘못했기 때문에 너는 나를 찾아오는 거야
밭고랑에서 피어오르는 아지랑이,
숲에서 뻐꾸기 울음소리가 들린다
어떻게 그렇게 오랫동안 자지 않을 수 있어요?
대답도 없이 내 손을 잡고 어머니가 일어선다
밭고랑을 넘어가는 개미 허리에 햇살이 감기고

하늘로 새들이 날아오른다 언제나 네 앞에
나타날 수 있어 이곳은 집으로 가는 길,

저렇게 가는 허리로 어떻게 감자를 이고 갈 수 있을까
사람은 누구나 비슷해 개미가 어디에서나 살 듯이,

좀 자고 싶어요, 흙탕물에 개미 한 마리가
머리를 쑤셔박고 졸고 있다
아무리 걸어도 끝나지 않는 길
죽은 나무에서 줄줄이 벌레가 기어나오듯
눈물이 사내의 얼굴에 흘러내린다

방 안을 걸어다니는 사내,
구물거리는 이불 위에서 며칠째 부패하는 음식물들
개미들이 기어와 새카맣게 접시를 덮는다
뱀을 보고 놀란 새처럼 우는 뻐꾸기시계
자루처럼 허리가 꺾인 어머니
아들의 손을 잡고 놓아주지 않는다

* 보르헤르트(W. Borchert)의 소설 제목.

유리병

폭우가 쏟아져 식당은 유리병처럼
어둠속으로 가라앉는다. 창밖을
바라보던 사내는 유리창에 묻어 있는
자신의 얼굴을 발견한다. 손가락으로
자신의 얼굴을 만진다. 찬 공기가
유리창 틈으로 새어나온다.

빗줄기, 유리창을 기어내려온다.
폭우는 멈추지 않는다. 멈추거나
멈추지 않아도, 구름은 언제나 공중에
종양으로 번식하고 제 몸을 조금씩
떼어내곤 했다. 창밖의 가로등,
물풀같이 늘어진다. 사내는
자신의 손톱을 바라보며 더
뜯을 것이 없음을 확인한다.

남은 밥을 젓가락으로 집어

천천히 씹어 넘긴다. 딱딱한 밥알,
혓바닥의 온기를 빼앗아간다.
유리창에 갇혀 있는 얼굴,
폭우가 쏟아져도 떠내려가지 않는다.
구름이 식당 밖으로 흘러다닌다.

물결에 떠밀리듯 사내의 어깨가
여러번 들썩인다. 어둠속으로
가라앉는 유리병, 한방울의 공기도
입에서 새어나오지 않는다.

황금잉어

잉어가 낚싯바늘에 걸려 올라왔다
갑옷처럼 빛나는 황금비늘을 입고,
주둥이가 바늘에 꿰인 잉어는 눈물을 흘렸다

나는 구슬이 없어요,
당신에게 아무것도 줄 것이……
뭐라고? 너같이 찬란한 비늘을 가진 잉어가 구슬이 없
다니
처음부터 놓아줄 요량이었지만 심술이 나기 시작했다
말도 안된다, 그렇다면
살려줄 테니 다른 것을 내놓을 순 있겠지?

한때 구슬을 가지고 해초 사이를 헤엄치며……
그만두어라, 그만둬 네 말을 믿지 못하겠다
잉어야, 정말 말도 안되는 얘기를 하는군
나는 낚싯대를 이리저리 흔들었다
낚싯대를 흔들 때마다 비명을 지르는 잉어

비명을 따라 입이 조금씩 찢어지는 잉어

풍덩! 잉어가 물 위로 떨어졌다

낚시꾼들이 던져주던 떡밥을 떼어먹다
늙고 병들어 수염이 축 처진 잉어
주둥이가 여러 갈래로 찢어져
햇볕을 한모금씩 삼키며
낚싯대 주위에서 지느러미를 젓는다

저녁 무렵이었고 어둠이 여러 갈래로 풀어져
알 수 없는 문양이 수면을 떠다녔다

불길한 새

눈이 내리고 나는 부두에 서 있었다
육지 쪽으로 불어온 바람이
보이지 않는 곳에서 넘어지고 있었다

바닷가 파도 위를 날아온 검은 눈송이 하나,
춤을 추며
이쪽으로 다가오고 있었다
주변의 건물들은 몸을 웅크리고
바람은 내 머리카락을 마구 흔들었다

눈송이는 점점 커지고, 검은 새
젖은 나뭇잎처럼 처진 날개를 흔들며
바다를 건너오고 있었다
하늘 한 귀퉁이가 무너지고 있었다

해송 몇그루가
무너지는 하늘 쪽으로 팔다리를 허우적였다

그때마다 놀란 새의 울음소리가
바람에 실려왔다

너는 잘못 날아왔다
너는 잘못 날아왔다

만삭(滿朔)

은행나무는 몸 뒤척여 남은 잎사귀 쏟아냅니다 노을을 한조각씩 물고 떨어지는 이파리 두 사람 주위로 내려앉습니다 검버섯 핀 노인의 손을 잡고 일어서는 아이, 사탕을 떨어뜨립니다 개미들이 의자 주위에서 머뭇거립니다 아이의 그림자에 발이 걸린 듯 노인이 넘어집니다 지팡이를 손목에 묶어주던 햇살이 실뱀처럼 달아납니다 개미들이 사탕을 덮고 있습니다 노인의 손을 잡아당기며 아이가 울음을 터뜨립니다 소리를 타고 날아오른 참새 한 마리, 발갛게 일어선 저녁노을을 뜯어냅니다 부리에 묻은 피가 하늘로 흘러나옵니다 얼마만큼 울어야 저 아이는 활짝 핀 저승꽃을 떠올릴까요 잘 익은 과육의 향기로 달이 차오르면 두 사람의 그림자가 은행나무 위로 날아갑니다

제2부

빛나는 땅

하얗게 얼어붙은 돼지를 클로즈업하며
뉴스의 아나운서는 이야기하네
백년 만에 내린 기록적인 폭설이었네

땅을 파고 사람들은 지하로 내려가네 가장 높이 세워
진 건물부터 천천히 붕괴될 것이네 지붕이 커다란 교회
는 설교 도중 기왓장이 내려앉았네 머리를 땋은 계집아
이가 무너진 건물 앞에서 말하네

모 든 것 을 버 려 야 영 혼 을 구 할 수 있 어 요

나무뿌리와 식물의 구근을 캐어먹으며 살아남은 자는
오직 살아남을 것만을 생각해야 하네 찰흙 같은 여자를
껴안고 가슴을 풀어헤쳐 체온을 나누는 사내들 여자들의
몸에 꼬물꼬물 문신을 새기네 지상을 피륙처럼 덮은 눈
이 녹을 때까지 곡식과 가축 들을 축내며 새파랗게 얼어
붙은 입김을 뱉어 내내 쉬지 않고 이야기하는 아이들의

얼굴, 하얀 공포가 피어나고

모 든 것 을 버 려 야 영 혼 을 구 할 수 있 어 요

아무도 그 울음소리 들어줄 수 없을 때 눈은 천천히 녹
아 흐를 것이네 대륙의 눈과 얼음으로 꽝꽝 빛나는 도시

언젠가 지상을 덮은 눈이 녹으면,
아이들은 자라 다시 어른이 되고
사내들은 여자의 몸을 더듬어
그 몸에 숨겨진, 어둡고 긴 겨울을 찾아갈 것이네

왕국에서 떠내려온 구름

구름이 소년의 머리 위에 떠 있다
푸른 장화를 신고 소년은
호수를 걷는다
저녁 물결이 발자국을 닦아낸다

고니들이 날아온다 마법에 걸린
형제처럼
머리 위를 돌다 숲으로
날아가는 새들
마법을 풀어주고 성(城)을 되찾아야 한다
졸음이 쏟아져
읽지 못한 편지처럼
구겨지는 물결

손바닥으로 구름을 퍼올린다
얼마나 많은 구름이
왕국에 닿기 전에 부서졌을까

새벽마다 푸른 장화를 신고
고니들은 성으로 걸어가고
손바닥 속으로 빨려들어가는 얼굴

푸른 장화를 물에 띄우며
등이 굽은 노인이 손바닥을 바라본다
이미 오래전에 사라진 얼룩처럼
구름이 손금을 떠다닌다

얼음배

물그릇 속의 얼음들
테두리를 따라 떠다닌다

어둠이 던져놓은 그물에 걸려
거대한 고기비늘이 물가에 쌓여 있다
물고기들이 벗어놓은 허물을 보며
신발을 벗는다

비릿한 냄새를 끌며 지느러미를
늘어뜨리며
강물은 느릿느릿 헤엄을 치고
헛바닥만한 촉수를
몸속으로 감추는 모시조개
내 얼굴을 빨아들인다

햇볕이 수면에 주름을 풀어놓고
돌멩이 속에 숨어 있던 물고기들이

뱃머리를 들이받는다
배가 부서진다 내려야 한다
머리맡에 젖은 신발을 널어놓은 식구들
입을 벌리며 잠든 얼굴이
얼음 속에서 울고 있다

물그릇에서 물이 넘친다
이 얼음을 타고 나는
테두리 없는 그릇 속을 항해해온 것이다

탈취

냄새가 그를 둘러싸고 냄새의 방에서
그는 떠다닌다 땅속은 언제나
환하게 익은 죽음의 씨방

주둥이를 오물거릴 때마다 피어나는 냄새
까만 눈동자를 굴리는 새끼들은 굶주림에 미쳐 있다
찍찍거리며 각목을 쏠아대는 소리
콩알만한 심장이 뛰는 소리
밤마다 잠들 수 없는 속눈썹을 떨며
하수구에서 하수구를 쏘다닌다
운이 좋아 트럭에 실려 떠난 형제들은
들판에서 어느 항구에서
냄새의 씨앗을 퍼뜨리며 살고 있을 것이다

아무 소식 없으니
상처를 도려낸 과일처럼 기억은
썩어가는 냄새를 풍기지 않는다

눈에 불을 켠 새끼들은 뛰쳐나가
한번 보면 눈이 멀어버린다는 햇빛 아래
붉고 싱싱한 내장을 널어놓는다
먹음직스런 자신의 냄새를 피워올린다
밤마다 그 냄새를 씻으려 창을 열면
하수구에서 쏟아지는 시큼하고 매운 냄새들
방 안으로 밀려든다 냄새에 떠밀려
천장으로, 내 몸이 둥실 떠올라!

죽음이란 그렇게 흘러오는 것이다
흙탕물에 과일이 뒤엉키듯
저 아래 잠에 빠져 허우적거리는
상한 꽃송이 같은 새끼들을 버려두고

물고기는 물고기와

수산물 시장 횟집
물고기 그림이 그려진 접시 위에
물고기를 올려놓는다

파닥거리던 물고기가 접시에서 숨을 죽인다
파르르 떨리는 접시를 들고
주방장은 아가미 부분에 칼집을 낸다

두 마리의 물고기가 입을 뻐끔거린다
꽃잎같이 벌어진 아가미
어머니가 웃는다
눈을 감겨주어도
죽을 때까지 공중을 바라보는 물고기

늙고 쪼글쪼글해진 젖가슴을 만지듯
젓가락으로 살을 집어
어머니 앞에 내려놓는다

입을 오물오물거리며 물고기를 드신다

자기를 꼭 닮은 물고기와
물고기는 죽어가며 무슨 말을 나누었을까

눈동자

아까부터 눈송이 하나가 나를 본다
눈보라가 몰아치는 창밖
눈송이가 유리창에 붙어 녹지 않는다
네 눈동자처럼 차갑고 따듯한 손을 잡고
눈보라 속으로 걸어간다
호숫가를 지나 나무 사이를 지나
네 손의 온기가 손바닥에 전해지고
마른 나뭇잎이 바스라지는 소리
구름이 머리 위에서 수많은 눈송이를 뿌린다
우리가 지나간 발자국을 지우며
잠시 하늘을 올려다보는 사이
나뭇가지는 사방을 가리키며 흔들리고
손을 놓쳐 우리 사이를 눈보라가 채운다
바람이 나를 몰고 너를 밀어내고
눈송이가 날리는 산속을 헛디디며 헤매다
마른 나뭇잎처럼 입술이 터질 때
창밖 사람들은 종종거리며 걸어가고

바람에 떨며 너의 눈동자가 나를 본다
다 녹아 모든 통증이 사라지면
너는 돌아올 것이다 고여 있는 어둠 사이로
수많은 나뭇가지 사이로
내가 걸어간 적 없는 허공을 떠돌아다니며
아무것도 해줄 수 없는 눈송이가 나를 본다
유리창에 온몸을 맡긴 눈송이
네 눈동자가 유리창에 흘러내린다

과식

칼에 벤 너의 손가락을 핥는다
목구멍에 걸리는 고기냄새
둥근 솥에서 고깃덩어리를 건지고
너는 내 앞에 앉는다

고깃덩어리에서 무럭무럭 김이 피어오른다
부풀어오른 너의 배를 만지며 나는 침묵한다
내일은 커다란 짐승을 물어오리라
아무리 먹어도 배부르지 않은 비린내가
너를 허기지게 만든다
근육은 긴장하고
나의 이빨은 초식동물을 기다릴 것이다
사슴의 목을 찢어놓으면 샘솟는 피,
따듯한 피를 마시며
뱃속의 새끼는 꼬물거릴 것이다
사내아이를 낳으리라 다 자라도
응석을 부릴 것이므로 너는 커다란 젖으로

두 마리의 짐승을 길러야 한다
시체로 가득 찬 너의 뱃속
새끼가 숨을 몰아쉰다 기름 심지를 누르고
너의 몸에 새겨진 흉터를 핥는다

으르렁거리던 두 마리 짐승,
잠에 취한 그림자가 천장에서 춤을 추고
칼자루마다 새겨진 사슴의 무리
방 안을 뛰어다닌다
뱃속의 아이가 발길질을 시작한다

손바닥 속의 항해

어떻게든 이 병실을 빠져나가야 한다 밤마다
베개를 찢어 바람에 날린다
벚나무 사이로 떠내려가는 헝겊 쪼가리

쉬지 않고 잎사귀를 먹어치우듯
온몸에 병균이 퍼져가고 있다
나뭇가지를 옮겨다니며 꿈틀거리는 벌레들,
의사는 내게 주사를 놓고 벚꽃 날리는
창밖 풍경을 감상해보라고 권한다

벌레들이 달라붙은 유리창을 보며 병실 벽을 두드린다
진흙처럼 뭉개진 손바닥,
저것들이 나를 찾아 기어올 것이다
나를 갉아먹으며
살아 꿈틀거리게 만드는 그 무엇

가운을 입고 일어서는 나를 보며

놀란 새들이 꽃을 물고 날아간다

창문으로 새어들어오는 달빛에 손바닥을 적신다
손금을 따라 고이는 노란 약물,
아직도 내가 살아 있구나
헝겊처럼 얇은 달이 지문에 부딪혀 가라앉는다

베개

흰 눈을 뒤집어쓴 지붕들
몸을 웅크리고 있다
베개 속에 왕겨를 쑤셔넣는 어머니
학의 무늬가 수놓인 홑청을 꿰맨다

입속에 밥덩이를 넣고 나는
동생의 얼굴을 본다
왕겨를 뿌려놓은 것처럼 부풀어오른 살갗
땀이 난 머리칼을 쓸어넘겨준다
수두에 걸려 물집이 터진
네 모습이 누운 볏단 같구나

밥상을 치우고 나는
동생의 가방을 챙겨준다
구겨진 공책들과 연필은 불평을 모른다
거울을 볼 때마다 너는
왕겨를 주워먹다 날아간 학의

울음소리를 기억할 수 있을지
안감을 집어 어머니는 바느질을 하고
튿어진 실밥이 가방을 붙잡고 있다

물집을 터뜨리듯 잠결에 홑청을 만진다
기억나지 않는 별자리들이
바늘자국을 따라 이어지고
동생의 몸 긁는 소리
무리지어 방 안을 떠다닌다

난파선

그러나,로 시작되는 문장을 쓰지 않기 위해
새벽마다 달력의 날짜를 지웠다
길은 온몸을 꼬며 하늘로 기어가고
벌판을 지우는 눈보라
빈집의 창문에서 불빛이 새어나온다
뿌리에 창을 감추지 않고 어떻게 잠들 수 있겠는가
흙덩이 같은 어둠을 매단 후박나무가
내 뒤를 따라 벌판을 걸어온다
창문이 꾸역꾸역 눈덩이를 삼킨다
잔뜩 웅크린 지붕 아래 고개를 숙이고
불빛에 시린 손을 말린다
벌판을 몰아치는 눈송이
짐승은 어떻게 눈보라 속에서 길을 찾는가
수많은 가위표로 그어진
달력은 더이상 좌표를 묻지 않는다
후박나무가 다가와 뿌리로 내 몸을 감싼다
조금씩 하늘을 찢어내며 날아가는 쇠기러기

허기진 공룡의 뱃속 같은 땅을 찾고 있다
눈보라가 사방에 거대한 벽을 만든다
북극으로 날개를 펴는 눈보라
눈을 감고 공중에 빈손을 흔든다

하늘로 솟는 항아리

누나가 바짓가랑이를 붙잡고 운다
아무거나 때릴 수 있는 게 없을까
담벼락에 낙서를 하던 아이들이
달아나며 못을 버리고, 금간 항아리 같은 여자가
마당으로 걸어들어간다 아이들이
던지고 간 못을 주워 주머니에 넣는다
나는 나는 자라서

못을 삼킬 수 있는 사람이 될 터이다
누나의 뱃속에서 굴러다니는 웃음소리
새벽이 되어도 화투판에서 달을 건지지
못하는 아버지, 나는 손톱을 물어뜯다 말고
손톱 밑에서 자라는 초승달을 본다

햇볕은 어떻게 얼음을 조각낼까
고무통의 얼음을 마당에 버리고
얼음이 녹는 모습을 지켜보던 누나가

웃음을 토해낸다 조금만 따듯해져도 입을 벌리는
임산부처럼 둘러앉은 항아리들아
뱃속에 물이 가득 차는 날이 너의 장례식이다

못을 삼키고도 잘 먹고 잘사는 미루나무
못을 박아도 울 줄 모르는 미루나무
너희는 구역질도 없이 아이를 낳았니
배가 불룩한 항아리들을 모조리 깨부순다
밤마다 하늘로 솟아오르는 달덩어리
흔들리며 천개의 강에 독을 풀어놓는다

초원의 잠

오늘 하루는 피곤했습니다

씹고 있던 고기를 뱉어내듯 사내는 덩어리 기침을 토해낸다 엎드린 채 노트의 윗줄에 날짜를 쓰고 작은 글씨를 또박또박 심어가는 사내, 볼펜을 쥔 손가락에서 기름때가 배어나온다 종이 위에 찍힌 손자국 사이로 고추 모종처럼 띄어진 글씨가 몇개 부러져 있다 기침을 하자 사내의 몸통이 심하게 흔들리고 다시 글씨 하나가 부러진다 잠깐 물을 마시고 노트를 바라본다 그가 심어놓은 글씨들이 줄을 맞추며 여러번 고랑을 넘어간다 이렇게 한 장의 종이를 채우자 며칠째 굶고 있던 일기장은 간신히 허기를 면한다 눈을 비비며 사내는 낮에 닦아놓은 엔진과 마모된 나사를 생각한다 살아가는 것은 조금씩 안락하게 마모되는 것, 사내는 엎드린 채 잠이 든다 기름때 묻은 손마디에서 이렇게 작은 글자들이 쏟아졌다니⋯⋯ 글자들은 무럭무럭 자라서 종이 밖으로 이파리를 피운다 사내의 얼굴로 푸른 그늘이 쏟아진다

만찬

밥상을 앞에 놓고
빈 그릇처럼 둘러앉은 식구들
한 대접씩 빗물을 퍼먹고 있다

제3부

그리고 비가 내리기 시작했다

사슴은 천천히 말라갔네 아무것도 먹지 않고
창살 속에서, 누구도
아이의 이름을 기억하지 못했네

농장에서 태어난 아이의 목과 등에 나타난 얼룩무늬,
사내는 아이를 사슴이라 불렀네
그러자 이마에 거짓말처럼 뿔이 자라기 시작했네

새싹만한 발가락은 자주 부는 바람 쪽으로 꼼지락거렸
으나
수술은…… 의사가 발작을…… 아이가…… 안된다고

살이 찌며 점점 검어지는 아이의 눈동자
나뭇가지와 함께 혓바닥처럼 오그라드는 잎사귀들

몇년째 이어지는 가뭄 속에서
사람들은 무서워지기 시작했네

거대한 나뭇가지처럼 벌어져 하늘을 떠받는 뿔을 보며
사람들이 농장 안으로 돌을 던졌네

뼈만 남은 여자가 사슴피만 마시지 않았더라면……
창유리 깨지는 소리에 놀란 여자
칡잎을 씹는 아이의 목을 껴안고 울부짖었네
울타리 둘레에 서 있는 사람들 말뚝처럼 말이 없었네
취한 사내가 망치로 사슴의 뿔을 내리쳤네

머리에서 눈썹을 타고 흘러내리는 핏방울
뒤집어놓은 뿔처럼 얼굴을 덮었네
창살 밖 땅바닥에 검을 뿔을 그리듯
마른땅에 핏방울만한 싹들이 돋아나기 시작했네

호두나무 위로 까마귀를 날린다

죽은 까마귀를 들고 호두나무 밑으로 걸어간다

떡국을 끓이던 어머니가 놀라
대문 앞에 막소금을 뿌리고
눈이 시리게 빛나는 까마귀 깃털,
눈송이 위로 떨어져 움직이지 않는다

손바닥으로 흰 눈을 쓸어내고 나는 흙을 판다
까마귀 발자국이 찍힌 가지마다
나무는 몸을 흔들어 눈송이를 털고
흐느적이는 바람 몇자락을 몸에 감고,
알 수 없는 노래를 웅얼거린다

이 나무 아래서 아이는 돌멩이를 던지고
이 나무 아래서 처녀를 껴안아보니
이 나무 아래로 꽃배를 타고 가니

얼어붙은 죽지에 찬 눈을 뿌린다
나무뿌리가 힘줄처럼 까마귀 날개를 파고들고
어둠의 날개가 서서히 하늘을 젓는 밤
벙어리들이 웃으며 춤을 추는 밤

돌아오라, 나에게
돌아오라, 나에게

죽은 까마귀가 호두나무 위로 거대한 날개를 편다

거식자(拒食者)

끌려다니며 죽을 수도 있었으리
더디게 찾아왔지만,
기억은 길거리로 달려가 소리지르고
골목에서 어슬렁거리는 개들
자기 그림자를 보고 멈칫거린다
곡식을 쓸어올리던 바람이 하늘로 빠져나가고
오랫동안 방문을 걸어잠근 사람들
창문을 더욱 꼭 닫아둔다
성장은 쓸모없는 향수와도 같아
살가죽을 뚫고 나오려는 실핏줄이
사내의 몸을 휘감고 조용히 몸부림치는 오후
며칠째 눌어붙은 밥덩어리와
반찬찌꺼기를 냉장고에서 꺼내 먹으며
살 수도 있었으리 온몸 신열을 앓으며,
주택가 골목 아이들은 뛰어나와
다시 자기 집으로 돌아가고
하루하루 자신의 영혼을 파먹으며

잠 속에서 그는 더욱 살이 오른다
태어나 세상에 남길 것은
몸뚱이뿐이라는 듯 아무리 날아도
벗어날 수 없는 하늘에서
떨어지지 않으려 날갯짓하는 새들
굶주린 사내의 귓바퀴를 발톱으로 움켜쥐고
달팽이관에 상처 없는 알을 낳는다

요람을 타고 온 아이

달빛이 쏟아지는 방에 젖내가 번진다

방 안에 누워 눈을 감는다
눈을 깜박일 때마다 방바닥으로 흘러내리는 달빛
담요가 둥실 떠올라 창밖으로 떠내려간다

요람을 타고 가는 아이
주름이 많은 물결에 밀려
여인의 팔에 안긴다
젖을 빨며 울음을 토해내는
아이야, 다시 깨어나지 마라

다독일수록 담요 속에 묻힌 아이가
팔다리를 허우적댄다
수많은 물결이 밀려와
이마에
쌓이고 쌓여

깊이를 알 수 없는 계곡을 만들고 있다

어떻게 울음주머니를 감추고
여기까지 떠밀려왔을까
사내가 이불 속에서 신음소리를 참고 있다

눈덩이를 굴리는 사내

저녁을 거르고 집에 간다 누가 골목을 이리 높은 곳까지 묶어놓았을까 하늘이 길을 쏟아버릴 듯 여러번 휘청인다 그때마다 눈덩이를 굴리는 남매 담벼락에 매달려 있다

누이가 먼저 손바닥에 입김을 불어봅니다 손바닥의 두께만큼 부풀어올랐다 사라지는 입김을 보며 소년도 따라서 입김을 붑니다 까칠한 소년의 볼을 만지고 가로등이 골목을 주저앉힙니다 언 손 불어가며 남매가 합창을 합니다 자주 음정이 틀려 더 알맞게 이어진 노랫가락이 엉킨 골목을 풀어줍니다 입김을 따라 굴러가는 눈덩이 소년의 키를 넘어섭니다 발자국마다 고여드는 불빛, 숨을 몰아쉬는 동생의 체온입니다 누이의 가르마를 지우고 눈덩이 속에 숨어 있는 손자국을 지우고 어둠에 몸을 부비며 쏟아지는 눈송이

모퉁이를 돌아간다 담벼락에 붙어 있는 누이가 발걸음

을 잡아당긴다 어느 골목에 굴리다 만 눈덩이를 세워두
었을까 더 높은 곳으로, 더 높은 곳으로, 쏟아지는 비탈
길을 걸어간다

네가 기르는 개를 쏘아라

며칠째 밥을 먹지 못했어 내가 먹은 밥을 녀석이 핥아 먹고 있어

녀석이 머릿속에서 날뛰고 있어 잠이 오지 않아 한번 눈을 붙이면 다시 깨어나지 못할지도 몰라

동생이 맞던 주사기, 누나의 속옷까지 내가 버리려고 모아둔 것을 녀석이 물고 다녀

나를 볼 때마다 꼬리를 쳐 깨진 유리병을 머릿속에서 굴리는지 이빨자국이 눈동자에 퍼지고 있어

뇌 속에 새끼를 낳을지도 몰라 그러면 내가 잃어버린 더 많은 것을 물고 오겠지

이리저리 도망다니는 녀석이 다시는 발붙이지 못하도록, 나를 약올리지 못하도록

오늘밤 내 머리를 쏘아야겠어 녀석도 나도 다시 일어
나지 못하도록

깊은 잠에 빠지면 나도 눈에 핏발을 세우지 않아 굶기
지 않은 개는 주인을 물지 않아

겸상

할머니랑 손을 잡고
천장에서 춤을 춘다

밥그릇에서 솟는 김을 타고
할머니가 둥실
누워 있는 내 몸도 둥실
장판 위에 널린 장갑도 신이 나서
튿어진 바지도 신이 나서
모두모두 춤을 추면
내 다친 무릎을 쓰다듬는 할머니
괜찮아요 괜찮아!
천장을 떠다니며
밤새도록 박수치는 늙은이와
밤새도록 노래하는 어린아이
방 안을 엿보려고
유리창에 거지떼처럼 매달린 어둠도
썩은 이를 드러내며 웃는 날

생일상의 미역국이 펄펄 끓는다

죽은 할머니가 머리맡에
한상 가득 허기를 차려놓으신다

누가 달에 이불을 널어놓는가

어린아이 서넛이 달에서 동아줄을 끌어올린다!

책가방을 매고 나간 소녀가 오줌을 지린다
노란색 반바지가 젖는다
아파트 베란다에 목을 늘어뜨린
사내의 몸이 젖은 빨래처럼 흔들린다

노파에게 자주 빵을 사주던 사내의 손가락이
밀가루로 빚은 듯 노랗게 보인다
아침마다 오줌에 절은 옷을 감추는 노파
날마다 이러시면 어떻게 살아요, 어머니!

가족들은 노파의 방문을 잠그고
바퀴벌레는 밤낮없이
노파의 방에서 먹이를 찾아다닌다
노인들은 왜 아이처럼 오줌을 싸는지

사내는 왜 부스럼 같은 울음을 토해냈는지
천체망원경을 보던 아이가
우주비행사처럼 손을 흔드는
사내를 보고 놀란다

한 사내가 동아줄에 매달려 올라간 후
그늘에 구워진 웃음소리가 밤마다 달에서 떨어진다

빛나는 땅 2

걸어가다 잠시 바위에 앉아 쉬고 있었네 그때
북을 치는 광대들과 두건을 두른 사내들이 말을 타고
몰려갔네

어디로 가느냐 물었으나 그들은 대답이 없었다 그들을
좇아 고개를 넘자 작은 마을이 먹구름에 덮여 있었다 마
을에는 통곡이 그치지 않았다 우물은 썩어 있고 팔다리
가 묶인 짐승들이 우리에 갇혀 있었다 광대들의 노랫소
리가 거대한 암반 같은 구름을 지붕 위로 끌어내리기 시
작했다 아이들의 시체가 뒤엉켜 강물에 버려졌다 약을
구할 수가 없었다 바람이 마을에 감기고 사람들의 앓는
소리가 우물에서 메아리쳤다 언젠가 들어본 목소리, 음
을 알 수 없는 노랫말이 떠올랐다 말 탄 자의 입으로 나
오는 검에 죽으매 모든 새가 그 고기로 배불리우더라 살
갗이 부풀어오르고 온몸에 구더기가 기어다녔다 밤새 구
름 아래서 소용돌이치는 울음소리, 웃음소리, 어떠한 악
기도 신열에 들뜬 아이들의 잠을 깨울 수는 없으리 가지

고 있던 몇알의 약을 입 안에 털어넣고 새벽녘 마을을 빠
져나왔다

마을을 벗어나며 행인에게 빛나는 땅에 대해 물었네
두려운 표정으로 그는 내가 걸어온 길을 가리켰네

쇠공을 굴리는 아이들

하늘에서 쇠공이 떨어졌어요 모자를 눈썹까지 눌러쓴 사내들이 각목을 들고 걸어왔어요 분홍빛 형광등이 터졌 어요 길거리로 흩어지는 창녀들, 팔짱을 낀 여자들은 손 가락질을 했지요 무너진 건물 사이로 눈송이가 날렸어요

발목이 부은 창녀들은 남산으로 올라갔어요 어릴 적 외할머니가 사준 쇠나팔을 불었어요 보도블록에서 꿈틀 거리는 잡초들, 늙은 사내들이 이불 속에서 기어나왔어 요 나뭇가지마다 칡넝쿨이 감겼지요 꽃망울이 터졌어요 꽃가루가 산 아래 마을로 몰려갔어요

기침을 하는 아이들, 목구멍에서 튀어나오는 꽃잎들, 아이들이 몸을 웅크리며 쓰러졌어요

갈라진 입술을 떨며 병원으로 뛰어가는 여자들 죽어가 는 아이들을 업고 울부짖었어요 난간을 붙잡고 하늘을 봤어요 병원 건물 위로 수많은 꽃잎이 쏟아졌지요 포클

레인이 양철지붕을 누르자 한번 들으면 되돌릴 수 없는 음악처럼 나팔소리가 울렸다고, 망아지처럼 아이들은 웃으며 눈을 감았다고……

서둘러 피어나는 꽃송이처럼 노파는 그날을 이야기해요 모자를 걸어주고 나는 주머니에 손을 넣어요 흰 머리칼을 쓸어주면 아파트 베란다 밖으로 눈송이가 쏟아져요 가로등 아래 속눈썹처럼 쌓이는 눈송이, 나팔소리에 맞춰 쇠공을 굴리는 아이들이 하늘로 몰려가고 있어요

아가리 속 붉은 혓바닥에 탑을 쌓는다

입을 벌린 강둑에서 흙탕물이 흘러나온다
언젠가 사내가 뛰어들어 팔을 허우적거리던 곳
구경나온 사람들이 웃으며 소리지르던 강둑

머리통만한 비닐봉지가 떠내려온다
흙탕물에 온몸이 감겨 칡넝쿨 같은 팔을 뻗어올리던
사내

비명을 지르면 손바닥까지 삼키던 아가리
아이들이 웃으며 돌을 던진다
허물을 벗으며 꿈틀거리는 물줄기에 쓸려
누구나 뒤엉키고 허우적거리던 한때였지요

하늘로 뻗어올라가던 나무들이 멱살 잡혀 끌려가고
살을 찢고 나온 고름 흘러가는 강을 따라
헤어나올 수 없을 때까지 걸어들어간 사내
잠겼다 다시 떠오르는 머리통을 본다

사내의 몸을 핥던 헛바닥이 이렇게 넓을 줄이야
  시체를 찾아 뿌리 내리던 나무들아
  물이 빠지면 썩은 잇몸마다 씹고 있던 진흙을 뱉어내
어라

  강둑을 따라 거대하게 벌어진 산맥 사이로
  죽은 닭의 빛깔로 쉬지 않고 해는 뜨고
  주름을 늘이며 수위를 높이는 돌멩이
  아가리 속 붉은 헛바닥에 탑을 쌓는다

과적

트럭의 바퀴가 저울 위로 올라간다
천천히 시체가 들어올려지듯
아빠! 왜 저 사람들이 우리 차를 세워?
단속반은 어디서나 숨어 있다 유령처럼,

유도등이 꺼진다 어린아이가 누워 있다
아스팔트에 얇고 질긴 뱃가죽을 붙이고
피부 밖으로 튀어나오려는 갈비뼈
저기, 아이가 누워 있어!
뱃가죽을 다독이며 눈이 부은 불빛
트럭을 바라보며 움직이지 않는다
어둠속에서 날개를 퍼덕이며
바람이 유리창에 부딪히고
아빠, 저기 아이가 손을 흔들고 있어!
몸을 움츠리고 아스팔트를 기어오는 울음소리
눈을 감고 있으라고 했잖아!
트럭의 창문 밖으로 날아와 사내의 귓속으로,

귓바퀴 속으로 들어오는 소리
아빠, 저기 아이가 웃고 있어!
손가락을 벌벌 떠는 사내
아빠, 저기 아이가 피를 흘리고 있어!
아빠, 저기 아이가 내 이름을 부르고 있어!
귓속에서 우는 아이
달팽이관을 만지며 놀고 있는 아이
사내의 눈에 수많은 신호등이 켜진다

속도를 잊고
터널을 잊고
사내는 달린다
바퀴에 매달린 죽은 아들의 비명을 싣고

햇볕 따듯한 강에서

저에게 힘을 주세요 어머니, 이 진흙 속에서
조금 더 꿈틀거릴 힘을,
강가에 나와 물속으로 걸어갑니다

내 이름을 기억하는 물고기들이 마중 나와
지푸라기라도 잡아야 해요 아저씨, 더러운 쓰레기라도
떠내려온 한 척의 라면상자 강기슭에 멈춰선다
마디를 웅크렸다, 폈다
물뱀 한 마리가 온몸으로 늪을 건너고

물속에 또다른 길을 숨기고 부글거리는 강의 마음에서
물고기들이 튀어오른다 묘기 부리듯
배를 뒤집고 오색 비늘을 보여준다
바늘 하나씩을 몸에 심고 떠내려가는 물고기들
어머니, 저는 언제까지 살아야 하나요,
조금만 참아라,
곧 죽을 수 있다, 나는 네 에미다, 약속하마,

강태공들은 죽은 고기를 버리고,

　쓰레기가 풀잎 사이에서 하늘을 보며 몸을 뒤튼다

　상자에 실려 떠내려가는 쓰레기처럼

　죽은 후에는 기다리는 배가 너무 많구나

　약속도 없이 떠나는 강태공이여 내 앞에 찌 하나를 던

져주세요

　아들아 너와 나누어 삼킬 바늘을 다오

　엎질러진 물처럼 버둥거리고 싶다

　누구도 늪으로 가려고 길을 떠나지는 않아요

　햇볕 따듯한 강에서 돌멩이로 가슴을 친다

땅속을 나는 새

콘크리트 철근 사이에서 새 한 마리가 날아오른다

삽질을 하던 사내가 고개를 돌리고
담배를 비벼 끄던 사내의 신발이 멈추고
벽돌을 쌓던 사내가 귀를 가린다

한번도 날개를 파닥이지 않고
새는 곧장 공사장 바닥에 떨어진다

날개를 접은 새의 몸에서 피가 흐른다
사람들이 웅성거리며 모여든다
자기가 새인 줄 알았나보지,
호루라기를 불며 뛰어온 작업반장이 손을 떤다

석회가루를 뿌려도
깃털처럼 쏟아진 핏방울은 지워지지 않는다
레미콘차가 다시 달리고 벽돌이 하늘로 올라가고

철근이 건물을 동여맨다

새는 하늘에서 땅속으로 날아간다
땅속에서 날개를 젓는 새 한 마리 때문에
종일 공사장의 진동이 멈추지 않는다

장롱을 부수고 배를

집집마다 아우성이다 장롱을 부수고
배를 만드는 사람들, 냉장고를 타고 떠내려가는 사람들
쓰레기들이 꾸역꾸역 밀려드는 길거리
떠내려가는 집에 실려 둥근달을 바라본다

물의 아가리가 전봇대를 씹어먹고
유리창으로 쏟아져 들어오는 물을 퍼내자
밀려오는 허기, 털벌레들이 몰려와
도로와 마을을 뒤덮듯
허기는 내 몸 어디에 숨어 있다 밤마다 나타날까
육각형의 상자에서 튀어나온 토끼처럼
깔깔거리는 창녀들이 유리문 밖으로 손을 흔든다
죽어라, 차라리 죽어, 더 크게 울어도
사내들에게 머리채가 잡혀 끌려다녀도
새벽이면 다시 거지와 깡패들이 사라지는 한철
물 위를 떠다니는 쓰레기가 반짝인다
서로의 목을 감으며 사내들이 허우적거린다

어디쯤까지 떠내려가야 배가 멎을까
잠을 자다 빠져나와 보니
모두들 익사체로 인사하는 밤
두꺼비만한 달이 구름을 밟고 기어나와
물속에 잠긴 도시를 비춘다
과자봉지와 죽은 돼지가 진흙에 섞이고
들판의 곡식들이 죄지은 사람처럼 고개 숙이면
지상에 꺼진 가난의 등불은 다시 타오르리라

바람 빠진 풍선 같은 젖가슴을 만지며
사내들이 늙은 창녀들을 밀어내던 방
깔깔거리던 웃음소리가,
술집과 병원의 간판이,
홍수 속을 떠다닌다 창녀들을 태운 유리배가
보이지 않는 물결 너머로 떠내려갈 때
나도 장롱배를 만들어 타고 멀리서 손을 흔들어주었다

낙인

밧줄을 쥔 사내가 나무 밑으로 걸어간다

감나무에 매달려 허공을 차는 개, 골목마다 도장을 찍던 발바닥이 뭉툭하게 말린다 그늘에 앉아 턱을 괸 아이는 도망치고 싶지 않다 울음이 빠져나올 수 없도록 다물어진 입속에서 이가 부딪친다 몸 여기저기서 밀어올린 공포가 개를 얼린다 구멍이 없었다면 주둥이에서, 항문에서 흘러내리는 피도 얼었을 텐데, 자꾸만 얼어붙는 개를 녹이려 사내가 털을 그슬린다 시커멓게 얼어붙는 개, 가스불에도 녹지 않는 개, 땀을 뻘뻘 흘리는 사내의 어깨가 짐승의 뒷다리처럼 튼튼해 보인다

온몸의 얼음덩어리가 녹아 눈물로 범벅된 아이
아무도 지울 수 없는 발자국이 눈동자에 찍힌다

제4부

홍수 이후

흙탕물이 빠져나간 방 안은 진흙투성이 물의 얇은 결
이 방바닥에 남아 있다 죽은 개가 마당에 버려져 있다 말
뚝에 묶여, 물의 혀가 바닥을 핥은 자국, 소독차가 지나
가고 밤마다 쥐떼들은 연기 속에서 뿜어져나오는 것일까
미루나무가 자라는 장마 진 강가 홍수가 쓸고 간 강변에
서 피리를 분다 부드러운 혓바닥에 더 부드러운 진흙을
물고 있는 개를 묻으며

줄 풀어진 개처럼 아이들이 뛰어나온다
머리에 하나씩 새집을 짓고
헝클어진 강변을 덮어가는,
무섭도록 풀이 무성한 구월의 오후

오후가 되어도 나는 일어나지 못하고

오후가 되어도 나는 일어나지 못하고
이불 속에서 뒤척인다 눈을 감고
아무것도 먹고 싶지 않은 날
어둠이 다가와 나를 흔들 때까지
씻지 않은 밥그릇과 썩어가는 음식물이 잔뜩 쌓인
냄새나는 방에 전화벨이 울린다
귀신처럼
나를 부르는 사람들
아무것도 하지 않고 다만,
흐느낄 수 있는 기쁨을 주신 밤이여
가라앉는 유리창이여
나를 바라보라
오후가 되어도 일어나지 않는 나를,
오오 누가 나에게 밤을 선물하셨나
썩은 내 꾸역꾸역 피어오르는 방에서
어둠에 질질 끌려다니는 영혼으로 하여금
공책에 이런 시나 쓸 수 있도록

오늘

사람들은 마을을 버리고 달아났다
포도밭이 잠기고 구조대원들은 고무보트를 끌고
물가를 걸어다닌다
물살이 교각에 부딪혀 넘어지는 소리

어딘가에서 떠내려온 냉장고 하나
죽은 돼지와 막걸리 병들에 섞여
포도밭을 떠다닌다 사람들은
열어보지 않는다 한번씩 앓는 배앓이처럼
죽은 아이의
몸이 꺾여 있던 날을 기억하므로

지느러미로 얇은 잎사귀를 밀어내며
포도나무 가지 사이를 헤엄치는 물고기들
물살을 피해 가장자리로 떠밀려온다
팅팅 불은 아이와 함께
진흙에 묻혀 비린내를 풍길 때까지

쓰레기를 씹으며 썩은 이를 보이는 뿌리들
물고기가 포도밭 위로 날아오르기까지
지붕은 얼마나 더 버림받아야 하는지
구름이 앞산을 밟고 넘어간다
포도밭을 가득 채운 진흙이불을 덮고
내년에는 대풍작이 마을을 덮칠 것인가

오늘, 술과 음식이 넘쳐나는 탁자에서
옷 속으로 술을 부어내리는 여인들
코르크 마개를 열고 술잔을 가득 채운다
등이 휜 포도나무가 진창을 기어다닌다
오그린 잎사귀 아래
젖꼭지처럼 검은 포도송이들을 쥐고

황소

이불에 누워 베개를 찾는 황소
누워서 눈망울만 끔뻑이는 황소
끔뻑이다 눈물이 흐른다
아버지 물 틀어도 돼요?

눈물이 한줄기 파이프로 빠져나간다
주둥이에 파이프를 물고 발버둥친다
구름처럼 배가 부풀어오르는 황소
면직원들 오는지 잘 살펴봐
밧줄에 매여 머리를 흔드는 황소
콧구멍에서 핏덩어리가 쏟아진다
이놈이…… 물똥을 싸는구나 자꾸
못이라도 주워먹고 싶었을 황소
눈알이 뒤집힌다
손전등으로 하늘을 비춘다
구름 사이 잔뜩 찡그린 이마
검은 핏줄을 드러내며 웃는다

아무도 모르겠지 아무도 모를 거야
꺽꺽 파이프의 물을 삼키며
아버지를 바라보는 황소
구름 사이로 도망다니는 황소
밤마다 방 안을 걸어다닌다

들이받을 뿔 하나 마련하지 못한 단칸방
황소만한 동생이 결박당한 듯 드러누워
이불을 걷어차고 코를 곤다

꽃밭에는 꽃들이

마른 논바닥을 헤집고 일어선 씨멘트 길을 따라 걸으면 누나의 집은 늘 맥주병을 둘러 꽃밭을 만들고 채송화, 맨드라미며 알 수 없는 이름의 꽃이 피곤 했다 양철대문의 우체통은 녹이 슬어 뜯어보지 못한 수십통의 먼지가 쌓여도 입을 벌리지 않았다

오랫동안 찾아가지 않던 누나의 집 마당에 한참 서 있었던 것은 보라색 슬리퍼 사이 꽃잎같이 삐져나온 누나의 발꿈치 때문만은 아니었고 겨울 가뭄은 하얗게 바람을 몰고 와 빨랫줄을 흔들자 담벼락에 기댄 해바라기의 얼굴에서 주근깨가 쏟아질 듯

어려서부터 말이 없는 조카들은 내 손만 잡고 따라왔다 동네 가게에서 삼백원이나 오백원짜리 과자를 사주어도 웃지 않고 흙담벽에 그려놓은 새들이 날아오르자 맞춤법이 틀린 아이처럼 나무들이 일어서고 그 뒤로 하늘이 또 일어서고

매형은 매형대로 위로를 해주고 나는 나대로 생각을
넘겨짚고 마루에서 담배를 피우면 찬 공기가 옷섶을 들
추며 온기를 빼앗고 가져온 것 없어도 잃어버린 것을 기
억하느라 작은 수첩처럼 접힌 하늘에 금방 사라질 입김
을 날려보냈다

　이불을 덮고 누워 나지막한 천장에 눈 그림을 그리기
도 하다 가뭄을 먹고 더 싱싱하게 자라는 별빛의 소리에
귀를 열어두기도 하고 집으로 갈 생각에 기름병이며 마
늘을 싸줄 것이 걱정되어 어둠속에서 나는 몇번씩 몸을
뒤척였다 늦은 저녁 설거지를 마친 누나가 옆에 눕자 나
는 말없이 돌아누워 누나의 나이를 세어보았다

궁전을 훔치는 노인들

노인들이 나뭇가지에 앉아 장대를 흔들며
별을 따고 있다 누군가 훔쳐간 궁전 때문에
내일 아침은
홍학의 울음을 흉내내는 아이들이
거리를 가득 메우며 뛰어다닐 것이다

살구나무의 머리에 감긴 구름둥지가 헐린다
새의 울음을 받아먹은 죄로 손가락이 잘린 나무들
실종자의 사진을 바라보는 벙어리처럼
뭉툭한 손을 움직여 수화를 할 뿐

구청 인부들이 살구나무 가지를 자른다
새의 날개를 자르듯,
톱밥냄새가 사직공원 벤치에서 퍼덕이는 저녁
왼쪽 팔이 공원의 벤치 옆으로 꺾여질 때
나뭇가지에 걸린 구름무늬 기왓장이 떨어진다

옷자락에 붉은 깃털을 꽂은 노인이
가방을 열고 아이들에게 지구본을 나누어주고 있다
입에서 깃털이 튀어나오는 아이들
전단지를 붙이던 여자가 넋을 잃고 하늘을 본다

홍학의 목에 올라앉은 노인들
앉았던 가지에서 금빛 살구가 떨어진다
누가 살구나무 꼭대기에 지어진 궁전을 훔쳐간 것일까

푸른 진흙을 발바닥에 매단 새들
지구 주위를 돌며
석양에 묻혀가는 고향을 바라보며 운다
진흙으로 덮인 하늘에서 별이 빛날 때
사람들은 시큼했던 살구나무궁전을 떠올릴 것이다

단지

늘 주머니 속에 손을 넣고 다녔다
사람들이 그를 육손이라고 불렀다
그와 악수한 사람들은 육손이라고 부르지 못했다

포도산구균, 포유류과, 포도당, 적색, 리튬
칠판에 글씨를 썼다
백묵이 하나의 손가락 같았다
손가락을 단지 속에 묻었다던 육손이
이름이 기억나지 않았다
백묵가루가 칠판에서 천천히 떨어졌다
길쭉한 나뭇가지들이 창문을 향해 뻗은 교실
그의 주먹이 아이의 얼굴을 망가뜨린 후
팔을 부르르 떨었다
푸른 잎사귀가 창밖에서 그를 지켜보았다
단지에 날마다 물을 주었다는 육손이
이름이 내 머릿속에서 날아다녔다
날아다니다 작은 주먹이 되었다

육손이, 육손이, 동창회 날 친구들은 육손이 얘기를 했다
술에 취해 한손으로 자전거를 타던 육손이
마주오는 트럭을 들이받았다던 육손이
소읍을 지켜주는 나무 그늘 아래 앉으면
바람의 수많은 주먹들이 나무를 두드렸다
포도산구균, 포유류과, 포도당, 적색, 리튬

알 수 없는 원소로 분해되어
거대한 단지 속으로 빨려들어간 육손이
봄이 오면 나무에 꽃이 피고
주머니 속 감춰둔 주먹 하나
지금도 내 머리를 두드리는 것이 분명했다

사과와 잔 그리고 주전자가 있는 정물

전기밥솥의 밥을 젓고 식탁에 앉아
늦은 저녁을 먹는다
정물화가 벽에 붙어 있다
몇년 전 누나가 붙여놓고 간 정물화

사과와 잔 그리고 주전자가 올려진 식탁
그림 속으로 걸어들어간다
굴뚝에서는 하얀 연기가 새어나온다
창문은 새둥지처럼 뚫려 있고
늙은 어머니와 아버지가 마주앉아 웃고 있다
뚝배기에서는 찌개가 끓고 있다
무엇이 그렇게 즐거울까
장작이 타들어가며 웃음소리를 낸다
정물화 아래 다시 누나가 붙여놓고 간 스티커
좋은 생각만 하는 우리집
조그만 글씨를 가리키며 웃고 있는 식구들
못생긴 사과와 잔 그리고

창문에서 쏟아져나오는 웃음소리를 엿들으며
굴뚝에는 늙고 뚱뚱한 노인이 졸고
아이는 눈을 가리고 선물을 기다린다
주전자에서 김이 피어오른다
씽크대에 쌓인 그릇들이 미끄러지는 소리

누군가 초인종을 누를 것 같아
먹던 밥그릇에 숟가락을 내려놓는다
날개를 펴고 날아오를 것 같은
한없이 어둡고 푸른 창문을 바라보며

통곡의 벽

어느 기록에 의하면 통곡의 벽이 있다고 한다
그 말을 들을 때마다 나는
죽은 아이를 안고 걸어가는 여인의 모습이 떠오른다
공중을 떠도는 여인들이 만들어놓은 물방울무덤들

흰 수건을 쓴 여인들은 통곡의 벽에 모여 울었으리라
눈물이 계곡을 이루어
그 물로 나무들이 자라고 숨을 쉬면
여인들은 계곡에 아이들을 띄웠으리라

계곡물이 점점 깊어지며
꿈틀거리는 가지에 올라앉은 아이의 얼굴
내 어미와 아비는 바람소리가 웃음소리로 들릴 때까지
허공의 벽을 치며 울었으리라
그 벽에 매달려 하루하루를 살았으리라

검은 구름떼가 머리를 풀며

벽을 휘어감는다 이름도 알 수 없는
가족 때문에 여기저기
작은 봉분처럼 모여 있는 모래성을 허물고 지나가본다

나무들이 빗물을 받아먹으며 가지를 뻗어올린다
일어서는 벽을 치며
며칠 전부터 쏟아지는 물방울무덤들

꽃씨들이 날아와 돌 틈에 뿌리를 내리는 계절이다
진흙 위에 찍힌 모든 발자국을 기록하며
빗방울은 흙탕물의 몸을 빌려 통곡의 강으로 흘러든다

목소리

사내가 들것에 실려나온다
쏟아지는 빗줄기 속

상가 입구에서 노파가 팔을 떨고 있다
3층 베란다 유리창이 깨져 있다

나무들이 바람에 목을 흔든다
걸음을 옮길 때마다
하수구로 빨려들어가는 빗물
누군가의 얼굴이 떠내려가고 있다

물 위로 떠다니는 불빛
사내의 목에 감긴 흰 붕대에서
스며나오던 핏물,
우산에서 한 방울씩 빗물이 떨어진다

내 이마를 짚어보았다

차갑게 식어 있었다

소리를 질렀다

목소리가 나오지 않았다

존재하지 않는 마을

처녀의 시체가 호두나무에서 내려진다
눈 위에 눕혀진 그녀의 얼굴이 차갑게 빛난다

이듬해부터 가지가 찢어지도록 호두가 열린다
나일론 줄에 목을 감고 있던 그녀의 뱃속
아이가 숨을 헐떡이며
죽어간 것을 사내들은 알고 있다

노인들은 손바닥에 검은 물이 들 때까지
마당에 앉아 호두껍질을 벗긴다
어두워지면 검은 손이 나타난단다
이야기를 듣던 아이들이 손바닥을 바라본다

빈 하늘을 쓸어내리는 바람소리
호두알처럼 영근 아이들은
밤마다 계집애들 이야기를 한다
다 익은 처녀들을 찾아다니는 수염 검은 아이들

폭설로 하늘이 하얗게 반짝이는 날

치맛자락처럼 펼쳐진 호두나무가 쓰러진다
참새 발자국만한 눈송이
지상에 웅크린 지붕을 밟고 가는 날
아무도 나무 위의 세상을 묻지 않는다

해설

불행의 편에 서서

황현산

김성규의 첫시집 『너는 잘못 날아왔다』는 매우 기이한
작업의 보고서이다. 누가 이 시집의 이곳저곳을 펼쳐 여
남은 편의 시를 읽고 나서, 우리 시대의 불행한 현실을
유려한 리듬과 아이러니 가득한 문장으로 재치있게 서술
하였다고 그 주제와 특징을 정리한다면, 그 말이 틀렸다
고 하기는 어렵다. 그러나 이 시집을 처음부터 끝까지,
빠르게 읽든 천천히 읽든 중단하지 않고 읽은 사람이라
면, 그 말로 설명이 끝났다고 생각하지는 않을 것이다.
거기에는 표현하기 어려운 다른 것이 있기 때문이다. 김
성규는 시집의 모든 시에서 단 한번의 예외도 없이 우리
삶의 불행에 대해서만 이야기하지만, 그 불행 앞에서 시

인은 자신의 감정을 직접적으로 드러내는 법이 없다. 불행과 비극이 내내 반복되는 것은 그것들이 여기저기서 지리멸렬하게 나타나기 때문이 아니다. 불행과 비극의 표현은, 마찬가지로 그것들의 존재양태는, 확연하고 투철하다. 시인이 자신의 감정을 덧붙이는 법이 없는 이 불행의 시에서 그 고통과 참혹함이 언젠가는 끝나거나 완화되리라는 전망을 기대할 수 없는 것도 당연하다. 감정이나 전망이 왜 거기 있어야 하는가. 사실을 말한다면, 불행이나 비극이라는 낱말 자체가 우리의 임시적이고 임의적인 '해석'을 담은 어휘일 뿐으로, 김성규는 자신이 말하는 것에 그런 이름을 붙인 적이 없다. 우리가 불행이나 비극이라고 부르는 것은 그에게 집과 나무가 거기 있는 것처럼 거기 있다. 뽕주(F. Ponge) 같은 시인이 '사물의 편에 서서' 사물들이 저 자신의 성질을 드러낼 수 있는 수사법을 발견하려 했던 것처럼, 김성규는 우리가 불행이라고 부르는 것들의 편에 서서 그것들이 저 자신을 낱낱이 보고하는 방식으로 그것들에 대해 말한다. 아름다운 말로 노래하지 못할 나무나 집이 없는 것처럼, 그렇게 하지 못할 불행도 없다. 불행도 세상에 존재하는 다른 모든 것들과 마찬가지로 선율 높은 박자와 민첩하고 명민한 문장의 시를 얻을 권리가 있다. 김성규에게는 불행이 행복과 대비되는 어떤 것이 아닐뿐더러, 행불행의 구분조차 없는 것 같다.

그러나 불행의 편에 서는 일은 사물의 편에 서는 일과 같을 수 없다. 사물을 있는 그대로 생생하게 보기 위해서는 시선을 조금 옆으로 돌려 인습적인 생각들을 지워버리고, 그것을 다시 한번 마음속으로 묘사해보는 것으로 충분할 것이다. 이때 사물은 이제까지 알던 것과 다른 것이 되며, 그 일은 권장할 만한 지혜에 속한다. 반면에 삶의 쓰라린 체험에 관해서라면 시선이라는 말 자체가 사실 허망하다. 불행의 체험과 감정은 인식이기 이전에 살아내야 할 운명이며, 그와 관련하여 권장할 만한 사고방식 같은 것이 존재한다고 하더라도 그것이 그 불행의 내용을 바꿔주지는 않는다. 말에서 떨어져 다리를 다친 젊은이가 그 때문에 노역을 면했다고 해서 건강한 다리에 대한 아쉬움이 그에게서 사라지는 것은 아니다. 한 아이에게 어떤 나무가 이제까지 알던 것과는 다른 것으로 보일 때까지 그 나무를 바라보라고 말한다면 그 말은 언제나 슬기로운 가르침이 되겠지만, 사랑하는 사람을 잃은 사람에게 객관적 시선을 유지하라거나, 그 기억을 지우라거나, 자연의 섭리 같은 것을 들먹여 생각을 바꾸라고 말하는 것이 반드시 옳은 일은 아니다. 불행에 관한 어떤 시선도, 참극에 관한 어떤 말도, 불행과 참극이 거기 있다는 생각과 말에서 별로 멀리 벗어나지 못한다. 그것은 김성규의 일이 아니다.

김성규가 쉬지 않고 온갖 참상에 대해 천착하여 그 몸서리치는 광경을 다른 모습으로 그려내고, 마침내 불행의 수사학을 발명하는 것은 그 비정함을 잊어버리거나 위로하기 위함이 아니며, 거기서 어떤 지혜를 구하기 위함도 아니다. 그는 오히려 불행한 일들을 잊게 될까봐 겁내는 사람처럼 시를 쓴다. 그는 「난파선」의 첫머리를 이렇게 쓴다.

> 그러나,로 시작되는 문장을 쓰지 않기 위해
> 새벽마다 달력의 날짜를 지웠다
> 길은 온몸을 꼬며 하늘로 기어가고
> 벌판을 지우는 눈보라
> 빈집의 창문에서 불빛이 새어나온다
> 뿌리에 창을 감추지 않고 어떻게 잠들 수 있겠는가

'그러나'는 물론 글쓰기에서 반전의 자리이다. 시인은 그의 불행에 반전이 있을 수 없다고 믿고 있다. 그가 어느날 문득 '그러나'로 문장을 시작하게 된다면 그것은 그의 근기가 약해진 까닭일 것이 분명하다. 그는 벌써 "온몸을 꼬며 하늘로 기어가"는 길에서, "벌판을 지우는 눈보라"에서, "빈집의 창문에서" 새어나오는 불빛에서, 제 믿음의 증거를 본다. 그가 세상을 내다보는 진정한 '창'은 하늘을 향한 잎사귀나 꽃에 있지 않다. 흑암을 향해 뻗어내리는 '뿌리'에 날마다 새롭게 감춰두어야 할 창은 또 하루치 불행의 양식을 발견할 자리이다. 빈 '그러나'의 마약이 그 양식을 대신할 수는 없다.

내용 없는 희망은 불행을 대신할 수 없을 뿐만 아니라 자주 그 불행의 씨앗이 된다. 김성규는 「구름에 쫓기는 트럭」의 2연과 4연을 이렇게 쓴다.

　　모 두 안 전 하 게 살 수 있 어 군인들이 비명을 쓸어담으며 대열을 맞춘다. 모 두 안 전 하 게 살 수 있 어 골목길을 찾아 사람들이 뛰어간다

　　모 두 안 전 하 게 살 수 있 어 빗방울이 공중에 호외를 뿌린다 모 두 안 전 하 게 살 수 있 어 군복을 입은 사내들이 무릎 꿇은 청년들의 어깨를 밟는다

모두 안전하게 살 수 있다는 호외의 희망은 하늘에서 떨

어지는 폭우와 구별되지 않으며, 피해 달아나야 할 먹구름보다 더 위협적이다. 그것은 이 참극의 핵심이자 모든 폭력이 무기로 삼는 미신이다. 모든 억압적 권력은 비어 있는 희망으로 저를 장식할 뿐만 아니라 제가 초래하는 불행에 그것으로 하나의 미학을 유도하기까지 한다. 「궁전을 훔치는 노인들」에는 이런 시절이 들어 있다.

> 옷자락에 붉은 깃털을 꽂은 노인이
> 가방을 열고 아이들에게 지구본을 나누어주고 있다
> 입에서 깃털이 튀어나오는 아이들
> 전단지를 붙이던 여자가 넋을 잃고 하늘을 본다

붉은 깃털로 옷을 장식한 노인은 사라진 왕국 궁전의 기와지붕과 그 위로 학을 타고 나르는 도인들을 비장하게 읊는 회고 취미의 시인과 다른 사람이 아니다. 중력을 알지 못하는 늙은 시인은, 하늘 높이 날아올라가 지구가 지구본만하게 보일 때 비로소 시가 완성된다고 가르칠 것이다. "입에서 깃털이 튀어나오는 아이들"은 물론 그 제자 시인들이다. 그들의 시는 늘 비상한다. "전단지를 붙이던" 가난한 여자는 그 전단지의 허황한 말이 정말 실현되기라도 한 듯이 "넋을 잃고 하늘을 본다" 저 헛된 미학의 희망은 전단지의 추문과 다른 것이 아니다. 김성규가 그 아이들에 속하지 않는 것은 말할 것도 없다. 그러나 김성규가 저 늙은 시인에게서 얻은 것이 없다고 말할 수도 없다. 선정적이라고 말해도 무방할 김성규의 불행 시집은 적어도 두 가지 것을 노인에게 빚지고 있다. 하나는 노인이 중력을 느끼지 못하는 만큼 그의 시가 더 많은 중력을 감당해야 한다는 것이며, 또 하나는 노인을 하늘에 떠오르게 하는 그 몽환의 힘으로 그는 불행의 묵시록을 구축한다는 것이다.

더 많은 중력은 그의 재치와 아이러니가 된다. 그의 재기는 시구 하나하나에서 빛나는데, 그때마다 불행은 더욱 가혹한 것이 된다. 「버섯을 물고 가는 쥐떼들」의 한 대목에서,

> 살이 파인 자리에는 옥도정기를 발랐지만
> 며칠째 움직이지 못하고, 가려워요!
> 긁지 좀 마라 이놈아, 사내자식이 참을 줄……
>
> 모르는 동생이 킥킥거리며 웃었다

"사내자식"은 참을 수 없는 고통에 시달리고, 그 동생은

참을 수 없는 웃음을 터뜨린다. 불행은 같은 핏줄에도 전달되지 못하기에 더욱 불행한데, 재치는 이 전달할 수 없음에 대한 분노와 같다. 「손바닥 속의 항해」의 끝대목에서,

창문으로 새어들어오는 달빛에 손바닥을 적신다
손금을 따라 고이는 노란 약물,
아직도 내가 살아 있구나
헝겊처럼 얇은 달이 지문에 부딪쳐 가라앉는다

병실을 탈출하고 싶어하는 환자의 열망은 손바닥에 고이는 달빛에서 아직 끝나지 않은 생명을 확인하고 그 손금을 지도 삼아 항해하는 것으로 끝난다. 이 손바닥은 부처의 손바닥도 아닌 환자 자신의 손바닥일 뿐이다. 병고에 의미가 없는 것처럼 미구에 맞이하게 될 죽음에도 의미가 없다. 재치는 정신의 가벼움이지만 또한, 적어도 김성규에게는, 불행의 무거움이다.

몽환의 수사학에 관해 말한다면, 이 시집의 가장 심각한 전언이 거기 들어 있다. 이 시인에게 초현실적 외양을 뽐내지 않는 불행은 없다. 돼지를 잡는 노인들은 돼지의 "울음이 빠져나간 육신(肉身)을 위하여" 저마다 "한번씩

붉은 샘을 판다"(「붉은 샘」) 그렇게 저마다 불행의 육신에서 먹을 것을 얻어낸다. "배가 불룩한 항아리들을 모조리" 깨부수듯, 애기 밴 처녀가 낙태를 할 때는 "밤마다 하늘로 솟아오르는 달덩어리"가 "흔들리며 천개의 강에 독을 풀어놓는다"(「하늘로 솟는 항아리」) 한 사람의 깨달음이 천만 사람의 깨달음이 되는 날이 있었다면, 한 사람의 불행이 천만 사람의 불행이 되는 날도 있다. 낡은 건물이 무너지고 신시가지가 조성되는 마을의 아이들은 "하늘에서 쇠공이 떨어"지고, "포클레인이 양철지붕을 누르자 한번 들으면 되돌릴 수 없는 음악처럼" 울리는 나팔소리를 듣는다.(「쇠공을 굴리는 아이들」) 묵시록의 가장 어두운 풍경이 거기 있다. 김성규에게 홍수로 범람하지 않는 강은 없고, 사람을 싣고 떠내려가지 않는 장롱은 없으며, 어둠의 열매를 달지 않은 나무는 없으며, 사람들이 버리고 떠나지 않은 마을은 없다. 달은 때로 목을 매려는 사람이 밧줄을 거는 고리가 되고, 견고한 창문의 불빛은 때로 밤거리를 헤매는 노숙자가 애써 넘어야 할 국경이 되고, 건설공사장의 인부는 어김없이 새가 된다. 그럴 수 없는 것이 거기서 엄연히 그럴 수 있는 이 현실은 모든 체험된 불행에 꿈의 형식을 부여한다. 이들 악몽은 현실을 초현실적으로 비틀어놓기 때문에 시가 되는 것이 아니라 우리의 마음속에 초현실적으로 내면화되어 있는 불행을 드러내기에 시가 된다.

　시집 전체에서 그나마 가장 안온하고 평화로운 외양을 지닌 시를 찾는다면 아마도 「꽃밭에는 꽃들이」를 들어야 할 것이다. 시는 먼저 누나의 시골집을 말한다. 그 집에는 맥주병을 둘러 만든 꽃밭과 "뜯어보지 못한 수십통의 먼지가 쌓여도 입을 벌리지" 않는 우체통이 있었다. 다시 찾아간 누나의 집에서는 "겨울 가뭄은 하얗게 바람을 몰고 와 빨랫줄을 흔들자 담벼락에 기댄 해바라기의 얼굴에서 주근깨가 쏟아질 듯"했다. 화자는 내내 말이 없는 조카들에게 "삼백원이나 오백원짜리 과자를" 사주었고, "매형은 매형대로" 화자를 위로해주고 화자는 그 나름대로 "생각을 넘겨짚고 마루에서 담배를" 피운다. "늦은 저녁 설거지를 마친 누나가 옆에 눕자 나는 말없이 돌아누워 누나의 나이를 세어보았다"가 시의 마지막 문장이다. 풍경은 거의 목가적이다. 그러나 입을 벌리지 않는 우체통과 거두어들이지 않은 해바라기 씨와 조카들의 말없음과 매형의 위로와 화자의 넘겨짚음은 무엇일까. 마지막 문장의 '누나' 앞에 '죽은'이라는 말만 덧붙이면 이 의문들이 풀린다. 행복은 말 한마디를 덧붙임으로써 불행으로 바뀐다.

김성규의 불행은 우리네 아파트의 편리한 삶처럼 늘 반짝인다. 그것을 표현하는 말들은 유려하고 아름답기도 해서, 이 행복한 삶을 표현하는 말들이 거기서 한 구절씩 모방을 하더라도 크게 탈이 될 것은 없다. 이렇듯 저 불행의 묵시록은 이 행복한 축제의 다른 모습이다. 다른 모습이 아니라 그 토대이자 중추이다. 어떤 높고 화려한 건물도 그 지하에는 「독산동 반지하동굴 유적지」가 말하는 반지하동굴이 있고, 세 구 또는 그보다 더 많은 시신이 있다. 건물이 그 동굴 속으로 무너질 날이, 행복이 제 본모습을 알게 될 날이 오지 않는다고는 말할 수 없다. 그 전에, 아니 그날이 오지 않더라도, 그 본모습에 관해서, 불행에 관해서, 누군가는 말해야 한다. 유려하고 아름답고, 이 행복처럼 반짝이는 말로 말해야 한다. 견고하면서도 유연한 문법으로, 엄격하고 빈틈없는 묘사로, 사실적인 그만큼 몽환경을 떠올리게 하는 수사학으로, 말해야 한다. 당신들의 행복은 불행이라고 가장 훌륭한 말로 말해야 한다. 불행의 편에 서는 일의 본뜻이 거기 있다.

黃鉉産 ｜ 문학평론가

■
시인의 말

　유리창으로 새벽빛이 스미는 것을 본다. 그 빛으로 목욕을 하면 고통이 다 녹아 흐를 것 같은 착각과 함께 내가 왜 이렇게 살고 있는지 묻게 된다. 극도로 피곤하거나 굶주렸을 때 찾아오는 알 수 없는 적의와 지나친 자기비하, 그리고 무기력증, 그 모든 감정들이 자신에 대한 원망으로 향할 때 몇줄의 글을 종이에 적어넣게 된다. 늘 누군가에게 짐이 되지 않겠다고 다짐했지만, 결국은 실패하며 살아온 것 같다. 나의 우유부단함과 나약함을 겪어온 사람들께 안부를 전한다. 창밖에는 아침 햇살이 쏟아진다. 언제 내려놓아야 할지 모르는 짐을 지우는 죄의 사슬에서 벗어나길, 나의 시가 축복 없는 이 세계에 작은 빛이라도 던져주기를……

2008년 5월
김성규

창비시선 288

너는 잘못 날아왔다

초판 1쇄 발행 / 2008년 5월 30일
초판 10쇄 발행 / 2019년 7월 17일

지은이 / 김성규
펴낸이 / 강일우
책임편집 / 박신규
펴낸곳 / (주)창비
등록 / 1986년 8월 5일 제85호
주소 / 10881 경기도 파주시 회동길 184
전화 / 031-955-3333
팩시밀리 / 영업 031-955-3399 · 편집 031-955-3400
홈페이지 / www.changbi.com
전자우편 / lit@changbi.com

ⓒ 김성규 2008
ISBN 978-89-364-2288-2 03810

* 이 책은 한국문화예술위원회의 2007년도 문예진흥기금을 받았습니다.